JN139043

吉田晶一歌集

東奥日報社

目次

歩く……1
動物詠……33
旅……109
あとがき……126

歩く

九十首

坂の町に住みて散歩のひとときを四季おりおりの風情楽しむ

落葉道歩まばアイデア生まれんか午後の書斎を抜け出でて来る

たちこむる濃き霧の中歩み来て湿原に見る黒百合の花

吊橋を渡りつつ聴く水音とエゾハルゼミの大合唱を

豊饒の森の小径をみどりなる橅の花粉にまみれて歩く

午後からの会議の想を練らんとてむつ湾見ゆる丘まで歩く

霧深き根室の町の夜を飲む妻をさすらいの道づれとして

思わざる発見多し通常は車で行く道ゆっくり歩く

オアシスのように思える「道の駅」の標識見え来ひと休みせん

「おはよう」のあいさつ覚え外国の見知らぬ街を歩いてみよう

雑踏にまぎれて歩く薬草の香の入りまじる漢方市場

午後からの講演ひかえリハーサル兼ねてゆっくり湖畔を歩く

地下街に行き交う人ら眺めおれば酔いたる男が我に手を振る

己が膝を栗毛の馬に見たてたる徒歩の旅とぞ膝栗毛とは

得意気な孫の解説聴きながら虫の名覚える秋の山道

秘湯への道は険しく二つ目の丸木橋より引き返したり

丸木橋渡りし先は倒木に塞がれおりぬ秘湯への道

森の道歩きつつ探す明日までに書かねばならぬエッセイのテーマ

駅という字に潜む馬夢に出て気ままな旅の道づれとなる

啄木の歌碑ある丘に佇みて釧路の霧の海を見ている

秘湯への険しき渓谷歩きいて鈴の音響かせ来る人と会う

森の道ゆっくり歩き怠け癖つきたる脳を目覚めさせゆく

かさこそと音立て歩く落葉道二足歩行のけもののように

雨に濡れひたすら歩く聞こゆるは己が足音のみの山道

足の向くままに歩きて思わざる巨木に出会う旅の楽しさ

車降り歩いてみよう来る度に迷うこの町入り組む道を

裏山の林の道を歩きつつ浮かびしアイデア膨らませいる

浮雲の流るるさまを眺めつつ行く山の道　人と出会わず

次のバスまでの時間の空白を清流沿いに歩き出したり

呼ばれいるような気がして途中下車迷わずここぞと歩き出したり

骨密度低くなりしか腰痛み直立二足歩行危うし

過ぎし日に逢える気のして霧笛鳴る釧路の街を妻と歩めり

唐突に途中下車決め歩き出す山の上へと続く参道

気が向けば降りて歩こう急がざる旅の身市街電車にまかす

途中下車したる駅にて地図もらい足の向くままぶらりと歩く

歩きたい人へのサービスしばらくを停車しくるる秋田鉄道

外国の街を無防備に歩きいる平和に馴れし日本の人ら

ホテルより地図を片手に出かけよう見知らぬ街を歩くのが好き

佳きことの有りそうなれば凍てつきし道を朝日に向かいて歩く

喘ぎつつ登る急坂ふり向くや鼓舞しいるがの虹かかりおり

春の野を歩いて行こう「雲」というハングルの詩を暗誦しつつ

妻と歩く高原の道吾亦紅の大群落の真つ只中を

試飲せるワインに軽く酔いながら水芭蕉咲く野を歩きゆく

クッションの利く軽き靴履きなれて森の小道を歩く楽しさ

山道を迷いたるらし見覚えのある枝ぶりの木まで戻ろう

妻と巡る小さき沼に秋晴れの立山連峰影映しいる

紅葉の八甲田山歩きつつ午後の会議の構想を練る

靴脱ぎて全神経を足裏に籠め歩きゆく鳴き砂の浜

地図を手に外国の街巡るのは危険ですよとガイドが言えり

歩き疲れ妻と乗りたる人力車小樽の街は見どころ多し

晴れ渡る秋空のもと歌ごころ湧き来るままに歩く山道

足の向くまま歩き来て戻る道もう分からない森林公園

いくつかのチェック地点を押さえおき七曲りの道気ままに歩く

耳澄まし鳥類図鑑手に持ちて広葉樹林を歩く楽しさ

漫遊の旅に出かける体力を山野歩きて貯えおかん

エゾシカに逢える気ぞする小半日途中下車して山道歩く

鰭酒の酔いほのかなり雑踏の中を巧みに泳ぐがに行く

話したき事のあるがにエゾシカが山歩きする我を見ている

晴れ女なる妻と来て道の駅を拠点にのんびり山野を歩く

屋台酒飲みほろ酔いて迷いつつ入り組みし路地歩く楽しさ

歩き方少し左へ傾いて疲れて来たなと気付く坂道

歩きたい人はどうぞと絶景に暫し停車の秋田鉄道

目印の巨木を覚えバンクーバー森林公園半日歩く

曲がり角また間違えて忍者にはなれそうもなし伊賀に来たれど

大脳の働き刺戟してくれる作用あるらし歩くことには

西部劇思わす街を歩き来てほら吹きジャックの銅像に遇う

ダウンタウンのすぐ近くとは思えざる原生林の中を歩めり

公園を歩く私の後ろからぞろぞろついて来るカナダ雁

降水確率十％にだまされてどしゃぶりの中歩く山道

初めての町歩きおれば「チョットコイ」と我を怪しみ小綬鶏が鳴く

芭蕉翁辿りしあとを歩きみる山刀伐峠の暗き山道

小公園散歩の我をユーカリの木より見ているワライカワセミ

大書店の六階までを歩き行く書棚めぐりの寄り道しつつ

昔日の面影残す旧街道歩みて郭公の初鳴きを聴く

ほととぎす鳴き渡りゆき古の静寂戻る奥州街道

星の夜の露天風呂へと歩みゆく足ツボ刺戟の小石踏みつつ

急がざる小春日和の旅なれば次の駅まで歩いて行こう

ほろ酔いて夜空仰ぐや一等星つなぎて出来る大六角形

道の駅に車駐め置き周辺の森をたっぷり歩いてみよう

疲れたる胃には優しきアワビ粥朝食にとりソウルを歩く

頂上へ行けずともよしゆっくりと景色を眺め山を楽しむ

足裏の感覚確か種差の砂のよく鳴る場所見つけたり

ペース合わす友ありてこそ受けたるは種差海岸完歩の証書

ステッキの助けを借りること多し直立二足歩行危うし

看板のハングルを辞書にて調べつつソウルの街並ゆっくり歩く

鰭酒の酔い心地よし泳ぐがにゆらゆら歩くソウルの街を

六キロの海辺の道を歩き終え酔い心地良し一合の酒

立ち寄りし道の駅にてイノシシの肉を試食のチャンスを得たり

好天に誘われて来し散歩にて心弾むも足がふらつく

移り来て終のすみかとなる町の坂が足腰鍛えてくれる

動物詠

二百二十五首

雛連れて母鶏が行く山峡の悪路に進めぬ車の前を

放し飼いの鶏と裸足の子が遊ぶ貧しき国に見たる安らぎ

一羽づつ広きなわばり与えられルソンの闘鶏のびのび育つ

アバット農場自慢の闘鶏チャンピオン人なつこきを両手に抱く

ニワトリの世界の珍種を展示して万国家禽学会開く

山彦に負けじと声を張りて鳴く長鳴鶏が持てるプライド

多民族文化華やぐ雲南省に飼わるる鶏も多種多様なり

肉も骨も黒きに医食同源を実感しつつ烏骨鶏食む

雲南省の赤色野鶏は低地より二千メートルの高地にまで棲む

牛はバカ馬はカバーヨと習いいるフィリピン語すぐ覚えられそう

犂という字に牛が居る牛耕は地球にやさしき農業ならん

停電に身を寄せ合いて暖をとるヒヨコらの鳴く声甲高し

縁日に買いしヒヨコに雌一羽居りて卵を産み始めたり

雄鶏が飛ぶを夢見て丹念に嘴にて手入れす主翼羽十枚

飛ぶことが得意な鶏の健在を雲南省の旅に確かむ

駅という字に棲む馬が夢に来て昔の旅のロマンを語る

荷役馬が駅周辺にこぼせし糞家庭菜園の土を肥やせり

品種数三百を越え飼われいる世界のヒツジ数十億頭

ウール消費世界一なるわが国に飼わるるヒツジ僅か三万

子を孕む羊見おりて美というは大き羊のことと諾う

痒いという字の中に居る羊らのダニ駆除せんと薬浴させる

大志抱けとクラークの立つ羊ヶ丘展望台にて食う成吉思汗

ＳＬの走るがに白き息吐きて四肢逞しき馬が橇曳く

農耕馬の居る風景はもはや無しあまりに速く変わるわが国

風物詩なりしよ春の馬糞風荷役馬行き交う札幌駅前

地理をつぶさに知る馬なれば我を乗せ急なる山路軽やかに駈く

驫木(とどろき)という駅がある五能線三頭の馬駈けて来るがに

観衆との間合いを計りさっと立ち退屈ゴリラ派手に土撒く

排泄を見られてしまったチンパンジー照れくさそうに糞を転がす

牛糞を材料にして糞虫がせっせせと作るスイートホーム

象糞をリサイクルせし便箋にインク滲ませ書くラブレター

毛を刈られ裸となりし母羊と啼き交わしつつ子羊駈け来

鳴き合せ優勝鶏はテノールで音吐朗朗朝を告げたり

闘鶏を彫りたる錫の絵皿なり日タイ短歌大会の賞

鉄不足知る本能か子豚らはわが靴につく土なめに来る

たっぷりと泥水浴をせし豚が唄のつもりか鼻鳴らし来る

ニワトリと異なる生理持つウズラ酉の刻より卵産み出す

光への感受性の差ニワトリは午前ウズラは夕刻より産む

ぶら畜と綽名つけられ畜産科学生牛とぶらぶら歩く

生体と肉では牛という英語違う理由を歴史に学ぶ

敗者なるアングロサクソン牛を飼い勝者ノルマンその肉を食う

牛肉をビーフと呼べり生きている牛に用なき勝者ノルマン

屠殺するを残酷という人達がレアのビフテキ美味そうに食う

肉・卵・羽毛・皮革にレジャーまで駝鳥が拘わる動物産業

うず高き糞にて白き岩肌に並ぶ海鵜を夕日が照らす

シドニーに来て三週間公園のワライカワセミと知り合いになる

話したきことのあるらし散歩する我を見ているワライカワセミ

八甲田見ゆる大地を新参の駝鳥がしゃなりしゃなりと歩く

伸びやかに雄鶏が鳴き朝の光満ちあふれ来るタイの山里

虫を食い腐葉土を食いのびのびと山野に育ちしニワトリ美味し

シャム国より御朱印船が運び来しシャモが闘鶏の主役となりぬ

しがみつく我に構わず荒馬は日高の山野駈け抜けて行く

本来は鳥なれど走るのが得意馬のまち十和田に駝鳥現わる

動物の進化の不思議第三指のみを残せる馬のスピード

駅というは馬を乗り継ぐ場所なりき昔の旅のロマンを思う

全身に高ぶり見せてペルシュロンの雄馬駈け来交配せんと

観光牛車のったりと曳く老水牛その名清少納言とぞ言う

象の体重ぴたりと当てて賞品を中学生の我もらいたり

音痴だとけなさぬ熊に聴かすため知床五湖を歌いつつ行く

露天風呂に星空眺め河鹿鳴く声を聴きおり我は仙人

道の駅「とわだピア」にて駝鳥肉と地酒買いたり友来る夕べ

ニワトリと遊ぶ子供ら貧しさの風景としてテレビに映る

豊かさの一面なるか動物とのかかわり遠くなりゆくことも

自分より大きな相手に勝つという軍鶏を作りし魚屋金八

手の甲に爪痕残し二千羽の鶏の体重測り終えたり

にわとりの雌雄描きし若沖の八十円切手買い溜めておく

草を食う家畜が身近に居なくなり道端の草生い茂るまま

濡れし鼻われに押しつけ子豚らが競いて示す親愛の情

体操をするがに回す毛虫らの首の動きがぴたりと揃う

上枝（ほつえ）より十二メートルの尾を垂らす特別天然記念物の鶏

さかのぼる鮭の群見ゆ渋滞の車進まぬ橋の上より

犬に勝（まさ）る嗅覚を持つミニ豚が麻薬捜査に示す実力

有難うのつもりなるらし洗いたる牛の尻尾がわが頬なでる

牛の機嫌とりつつ覚えし乳搾り一週間の悪戦苦闘

牛飼と羊飼との争いも一つのテーマとなる西部劇

牛のようにのんびりしたいという手紙寄越せし友は仕事中毒

乳と蜜流るる地なれ牛追唄歌い継がれし平庭高原

白樺の長き並木の道過ぎて乳とワインの里に着きたり

ミルカーにぴったりと合う形へと牛の乳房が改良される

ネズミ追う昔の面影消え失せて過食のネコが寝そべっている

対策はいつも後手なり温暖化と共にイノシシが北上するも

マニアらが外国からも集い来て長鳴鶏の鳴き合わせをする

鼻鳴らし放飼場より駈けて来る子豚らを待つ芋の御馳走

飼う人も飼わるる猫もメタボリック症候群となりゆく過食

行きつけの床屋の軒に巣を持てるツバメ見ており大き鏡に

コスモスの細葉に逆さ吊りとなりカマキリが食う大きな獲物

硫黄の香強き湯舟に浸りつつフクロウの鳴く声を聴きいる

暗闇に獲物の位置を正確に知る聴力をフクロウは持つ

泥すくいぶつける相手を探しいるゴリラと視線が合ってしまいぬ

盛り上る四肢の筋肉重き橇を引きずり駈ける輓曳競馬

珍しき訪問客なる目白二羽枝に刺したる林檎をつつく

炎天下輸送され来し雄羊がバケツの水飲み干せり

のんびりと草食み糞をする牛が火山灰地を沃野に変える

りんご園に風来坊のフクロウが居つきて夜ごとネズミ捕らえる

聴力と暗闇に利く視力持つエゾフクロウは森の神なり

エゾシカの保護行き過ぎて頭数は適正規模の十倍となる

ヒヨコらの危機救わんと宙に舞い犬を足蹴にしたる雄鶏

固唾呑み見守りおれば難産の子牛ひょろりと立ち上りたり

障害をひらりと越えてほのぼのと馬との一体感を覚える

どたばたと駈けて飛びしも身は重し七面鳥の着地揃わず

道の駅「おおの」に降りて寝転がり草美味そうに食う馬を見る

二万羽のニワトリ達の呼吸音身に浴びながら夜を見回る

マルコポーロがパミール高原にて見たる巨大な角のアルガリ羊

脚からめタンゴ華麗に踊るがに交尾中なり毒蜘蛛タランチュラ

タランチュラの雄は逃げゆく交尾終えて食わるる恐れをこの虫は知る

馬小屋に今日は燕が渡り来て飛び回りおり古巣修理に

大き胃に繊維消化のバクテリアを共に棲まわせ牛が草食う

種差の海見ゆる野を駈け来たる馬に託さん大いなる夢

呼びいるは神なる森のけものらかアイヌの踊りの輪に飛び込みぬ

月眺め手足伸ばして野の風呂に浸りておればフクロウが鳴く

重き身をやっと支えて懸命に七面鳥が群なして飛ぶ

山路行く足取り軽し日の差すやエゾハルゼミがいっせいに鳴く

林檎園を走り回りてニワトリが土掻きあさり虫をついばむ

牛の食う草の繊維は第一胃に棲むバクテリアが時かけ消化す

満腹になりて休息する牛が喉を鳴らして反芻をする

「御吉兆(ごきっちょう)」と高らかに鳴き新参の我を迎える千羽のウズラ

四季同じ日長時間と室温を保ちてウズラの実験続く

熊に遇うこともあらんか口笛を吹きつつ歩く知床五湖を

ニワトリを見る目確かと自負しいて品種改良わが使命とす

黄身比率高き卵を産む鶏を十二世代にわたり選び来

美味系統造成せんと筋肉のイノシン酸多きニワトリ選ぶ

初生雛性鑑別のチャンピオン指大切と重きは持たず

新品種の起源辿れば捨てらるるところを危うく拾い来しもの

長鳴鶏のルーツはここに生れたるか木霊の響く山深き里

飲み過ぎの胃の腑にやさし鶏肉と高麗人参入りの朝粥

棄てられて野生化したるニワトリが公園に棲み犬を威嚇す

食物となる一枚の葉に包まれてオトシブミなる甲虫育つ

振動のリズム軽やか急斜面駈け下りて行く馬の足取り

話したきことのあるらし口の辺に飼料をつけて子馬寄り来る

鼻梁白き馬今もなお夢に出て我乗せ日高の山野を駈ける

宮内庁御用達なる栄得たり味に秀れしシャモロックの肉

父方のシャモは名だたる喧嘩鶏江戸期庶民の血を沸かせたり

母方はメイフラワー号到着地の岩の名を持つプリマスロック

飼い易く病気に強きシャモロック父母それぞれの美点受け継ぐ

シャモロックとすぐ見分け得る胸の反り黒地に白の横縞模様

青森のシャモロックなる絶品が世界のグルメの舌喜ばす

自動車を馬に代えれば容易なり二酸化炭素排出規制

馬の背に揺られつつする贅沢な旅してみたし昔のように

日本中舗装道路で埋まりそう馬にやさしき土の道欲し

血を吸いに寄り来る虻を叩きつつ馬の背に居て馬と語らう

「掛けたか？」の昭和天皇の御下問に牧場主夫人とまどいている

「掛けたか？」に因む「翔鷹」名馬にて奏上釧路種の元祖となれり

ミャンマーへ輸出のにわとり不評なり犬から逃げることなど知らず

雄も雌も同じ羽色の改良種求愛ダンスすることもなし

飛ぶ力失いおらず藁屋根に地鶏の雄は誇らかに鳴く

長鳴鶏のルーツはここに棲みいしか木霊の響く山深き里

夜明け告ぐる鳴き声おそれ今もなおニワトリ飼わぬ落武者の里

不潔とのクレーム受けること恐れ花と緑の中で鶏飼う

ナマケモノゆっくり動き毒のある葉を少し食べ少し糞する

泊りたる宿の近くの森に鳴く朝のカササギ夜のコノハズク

コノハズク鳴くを初めて聴きにけり「仏法僧」と夜の静寂

捕りし魚自慢しあうがに海鵜らが岩の上にて翼ひろげる

地方競馬百連敗のハルウララ走り続けることこそが夢

痒いという字の病垂れ脱ぎ捨てて毛刈りされたる羊現る

甲ひとつ持ちいて鴨は科挙試験合格叶えてくれる鳥なり

象に乗りめぐる公園伝いくる揺れにリズムがようやく合い来

郭公の鳴くを聴きつつオホーツク先住民族遺跡の森へ

虫博士の小二の孫が得意気に話す薀蓄聴く山の道

朝日差すビルの壁よりさやさやと羽音さやかに蜻蛉飛び立つ

がっしりとトンボの口に銜えられハエ食われゆく卵零しつつ

雪の朝真鶸群れ来て啄めりさるすべりの木のカイガラムシを

動物の中では唯一熱きものを飲み食いできるサル目ヒト科

ホモサピエンス絶滅危惧種となる前に石器時代に戻ってみよう

スローライフは我の生きかた農耕馬の居る風景を取り戻したい

コケコッコウという鶏鳴もタイ人にはエックエッエーと聞こえる不思議

ふるさとに在るがのやすらぎ覚えつつ北タイの里に鶏鳴を聞く

わが前を横切り行きしエゾシカと木の間がくれに視線を合わす

虫をよく知る少年が子分連れ遺跡の森へ探検に行く

考える人の風貌マレー語で「森の人」なるオランウータン

森林の破壊進めば生きてゆく術を失うオランウータン

おや君も我と同じくドリアンが好きなようだねオランウータン

宗教の違いが戦争ひき起こすサル目ヒト科は愚かしきもの

背黄青鸚哥(セキセイインコ)と漢字で書かれあるを見てこれが原種の特徴と知る

飛ぶ力失い走っているうちにダチョウの駝の字ウマ偏となる

タイ族の居るところでは闘鶏が盛んなり中国の西双版納（シーサンパンナ）も

友と空けるどぶろく一本晴れわたる空を飛び行くカササギ見つつ

朝日差すウトナイ湖上はりはりと薄氷割りて白鳥泳ぎ来

カイツブリここと思えばまたあちら忍者の技を湖上に見せる

夜を徹しブッポウソウ鳴くこのあたり百済・新羅の古戦場とぞ

イスラムの歴史に深くかかわりて駱駝は砂漠に生きる術持つ

屋根の下に豖が住みつき家となる人と豚との長き付き合い

嗅覚に秀れる豚がトリュフなるきのこ探しの特技を持てり

シロウオを踊り食いせしことなどは黙っていよう閻魔様には

粘液を玉と浮かせて虫を待つモウセンゴケの赤き触毛

イエバエは鬱陶しいが酒好きのショウジョウバエには親しみが湧く

オトシブミ森に捨いて読みしより不思議の国をさ迷いている

ミステリーをいつも読みいる友人がじっと見つめる虫食いキャベツ

生きている小さき蛸を口中に入るるや舌に吸いつく吸盤

酒が好き果物が好きなかなかの美食家なるよショウジョウバエは

フォアグラとう天下の珍味作るため鵞鳥に強いる飽食の日々

好きなのは我と同じくドリアンか君は美食家オランウータン

冬の日が沈まんとして浮き立たす白岩に並ぶ鵜のシルエット

「犬声で呼んで下さい」黒板の字に点つけて行きし者あり

郭公の鳴く声聞くや北国へふらりと旅に出かけたくなる

熊の胆は万能薬にて神からの贈り物だとアイヌは思う

熊祭る踊りの中に我が居て不思議の国へ誘われてゆく

破戒僧の謀殺されし東尋坊見下ろす森に法師蝉鳴く

蛸食わぬ人らの多し欧米では悪魔の魚と嫌われている

世界的に少数派なり蛸というグロテスクなるものを食うのは

地中海ロードス島の人らは食う悪魔の魚と言わるるタコを

消費量抜群なるは日本人世界のタコを食べまくりいる

脚の数ともに八本あるためか蛸は本来蜘蛛の意という

百余種もあるとう蛸の大きさは一口大から三メートルまで

第一胃なる醗酵槽持つ牛がプワーッと吐き出す生臭きガス

食べてすぐごろりと横になりたるがまだ牛になれそうもない

大量の草を食べねば生き行けぬ弱者の牛が持つ反芻胃

アイヌ語のイオマンテとは「送り」の意上座に死せる熊置き祝う

殖え過ぎるネズミを巧みに捕食するエゾフクロウは羽音を立てず

駅という字に馬が居て嘶けりさあ出かけよう未知の世界へ

駅前に山と積もるは荷を運ぶ主役つとめし馬たちの糞

幾度も我を落とせし馬との呼吸ぴたりと合いて障害を越ゆ

ペルシュロンなる重量馬ゆったりと地平に続く野を拓きゆく

蚤という字から二つの点が取れ思う存分騒げない馬

作物の猿害大なり考えよう殖え過ぎ防ぐ保護のあり方

道の駅「またぎの里」に立ち寄りて熊肉なるを試食してみる

自動車を拒否して馬車を走らせる街ありアメリカ多様なる国

この魚何かとウェートレスに訊き鰆（さわら）と知りぬ旬は春なり

集めゆく卵にはまだニワトリの体温ほのかに残れるものあり

羊飼になりたき思いも若干はありて選びし畜産学科

草原の真っ只中でする食事もの珍しげに牛が寄り来る

簡単に見えるが牛の乳搾るためには愛と熟練が要る

お互いに住む領域を守りいる知床岬の漁師と羆（ひぐま）

エゾシカと会うこともある山道を無人駅まで歩く楽しさ

話したき事のあるがにエゾシカが山歩きする我を見ている

独り行く南八甲田の山道に蜻蛉ずらりと並び出迎う

旅

四十五首

「自分史を書きます」と言う妻と来て霧の根室の夜を飲みいる

遥か来て「北緯四十五度の町・中頓別」とう焼酎を買う

「駅前に旅籠(はたご)は無いか」と訊かれたりこんな言葉がまだ生きている

侘びしげな町よ根室は霧の夜を妻と連れ立ち居酒屋に飲む

少年期住みし網走アイヌ語のチパシリ「われらが発見の地」なり

オホーツクの海眺めつつ妻と採る木造駅舎の軽き昼食

漂泊の詩人となりし気分にてマッコリを飲む民俗酒場

異邦人の解放感と危うさを持ちて屋台に酒を飲みいる

韓国の原風景か陽あたりの良き墓の道カササギが鳴く

オンドルの宿にて友と飲む酒に五臓六腑が眠くなりゆく

タガログ語ひと言入れし挨拶に拍手湧きたりフィリピンに来て

南国の旅より帰り降り積みし尺余の雪を妻と掻き分く

タイ文字を練習しおれば微笑みてスチュワーデスが合掌をする

「道楽が始まったね」と妻が言うタイ語入門受講の我に

引き方をようやく覚えしタイ語辞書持ちて見ている街の看板

泳ぐあり体操するあり韓国の温泉にて我も仲間入りする

空港の手荷物検査でブザー鳴らすこの爪切りも凶器となるか

喧噪のチャイナタウンを歩きいて異邦人われ道を訊かれる

ギリヤークなどの北方民族の栄えし網走われのふるさと

軒先を汽車が走って行く風景楽しみ歩く木浦(もっぽ)なる街

安宿に泊るも良きか暑き夜を壁にうごめくトカゲ見ている

訪ね来し街の小道は七曲り迷い歩くも旅の楽しみ

当てはまるわが生きざまか諺に「迷わぬものに悟りなし」とう

窓際にコップ酒置き野山見て各駅停車の旅を楽しむ

足の向くままに歩きし忍者の里いつしか我も変幻自在

陽光を浴びて旅する地中海そんな気分で伊語講座聴く

道の駅「南部杜氏の里」に寄り一本買わんと試飲五、六種

辛きもの大好きなればキムチ鍋あれこれ試す韓国の旅

厳冬の旅の楽しさオンドルに五臓六腑がぐっすり眠る

この街の魅力は何か探らんと路面電車に先ず乗ってみる

一七二八（いなにわ）は十二の三乗大発見の気分にて食う稲庭うどん

シートベルトにつながれ食べる機内食フォアグラ用の鵞鳥のように

姉妹都市沃川（オクチョン）郡は鄭芝溶（チョンシチョン）の名詩「郷愁（ヒャンス）」と葡萄の故郷

芝溶生誕百年祭に招かれて詩碑「瑠璃窗(ルリチャン)」の除幕に臨む

動乱後消息不明鄭芝溶銃殺されしと思われおれど

同志社大卒業したる鄭芝溶日本との関わり深きものあり

魯迅の書く科挙に落ちたる飲んだくれに己れ重ねて飲む紹興酒

異国の街迷うも楽し道を訊く文章頭で組み立てながら

ネパールへ行くかも知れぬ　挨拶のことば「ナマステ」覚えておこう

卓上のドンキホーテの置物が次の旅へと駆り立てている

芋焼酎「函館夜景」を飲みながら昏れゆく街を妻と見ている

聞こえくる訛も楽し地酒飲みローカル線の旅を楽しむ

唐辛子が胃の働きを促して食が楽しい韓国旅行

難読の駅の名いくつか覚えつつローカル線の旅を楽しむ

覚えたるタイの正式首都名は「天使の都」に始まる長文

あとがき

第一歌集「みどりの卵」には平成十二年（西暦二〇〇〇年）まで、いわば前世紀の作品を載せました。そして近いうちに今世紀の分も出すつもりです、と書きました。それがつい延び延びとなっていたところへ、東奥日報より歌集出版のお誘いがあり、有難くお引受けした次第です。本歌集には、平成十三年以降「国原」および「まひる野」に発表された作品より選びました。

本歌集は「歩く」「動物詠」「旅」の三部作になっています。動物が好き、旅に出てあちらこちら歩き回るのが好きな作者像が出ておれば幸いに思います。

「次の歌集を早く出しなさい」といつも叱咤激励して下された稲垣道先生が、昨年末急逝されたのは、まことに残念なことでした。でも、きっと何処かでこの歌集を楽しく読んで下さっていると思います。篠弘先生には「まひる野」および「毎日歌壇」で懇切な御指導を受けました。月一回五戸町立公民館で、吾亦紅短歌会を開催していますが、ここで取り交わされる忌憚のない意見や討論が、新生面を確実に開いてくれるようです。

平成二十七年五月

吉田晶二

著者略歴

吉田晶二（よしだ　しょうじ）

昭和六年七月二十一日、旭川市生まれ。北海道大学農学部卒業。北海道立農業試験場根室支場勤務。株式会社後藤孵卵場勤務。米国ニューハンプシャー大学留学。青森県立養鶏試験場勤務。

昭和五十六年国原入社。五十九年国原賞受賞。六十二年編集選者。平成四年青森県短歌大会第一位、青森県知事賞。平成七年「吾亦紅短歌会」を結成。平成八年五戸町文化賞受賞。平成十年大伴家持大賞受賞、因幡万葉歴史館に歌碑建立。十五年国際交流・日タイ短歌大会出席、国際交流基金（バンコク）賞受賞。十八年新郷村キリストの里公園に歌碑建立。

住所　〒〇三九―一五四六
三戸郡五戸町字下タノ沢頭四八―五

東奥文芸叢書　短歌20

吉田晶二歌集

発行　二〇一五（平成二十七）年八月十日
著者　吉田晶二
発行者　塩越隆雄
発行所　株式会社　東奥日報社
〒030-0180　青森市第二問屋町3丁目1番89号
電話　017-739-1539（出版部）
印刷所　東奥印刷株式会社

ISBN－978－4－88561－203－9　C0092　￥1200E

東奥日報創刊125周年記念企画

東奥文芸叢書　短歌

梅内美華子　福井　緑
工藤　邦男　福士　修二
山下　正義　工藤せい子
平井　軍治　中村　キネ
中村　道郎　佐々木久枝
道合千勢子　兼平　勉
山谷　久子　内野芙美江
斉藤　梢　秋谷まゆみ
大庭れいじ　間山　淑子
菊池みのり　吉田　晶二
（第一次配本20名、既刊は太字）

東奥文芸叢書刊行にあたって

青森県の短詩型文芸界は寺山修司、増田手古奈、成田千空をはじめ日本文学界をリードする数多くの優れた文人を輩出してきた。その流れを汲んで現代においても俳句の加藤憲曠、短歌の梅内美華子、福井緑、川柳の高田寄生木など全国レベルの作家が活躍し、その後を追うように、新進気鋭の作家が次々と現れている。

１８８８年（明治21年）に創刊した東奥日報社が１２５年の歴史の中で醸成してきた文化の土壌は、「サンデー東奥」（１９２９年刊）、「月刊東奥」（１９３９年刊）への投稿、寄稿、連載、続いて戦後まもなく開始した短歌・俳句・川柳の大会開催や「東奥歌壇」、「東奥俳壇」、「東奥柳壇」などを通じて、本州最北端という独特の風土を色濃くまとった個性豊かな文化を花開かせてきた。

二十一世紀に入り、社会情勢は大きく変貌した。景気低迷が長期化し、核家族化、高齢化がすすみ、さらには未曾有の災害を体験し、その復興も遅々として進まない状況にある。このように厳しい時代にあってこそ、人々が笑顔と元気を取り戻し、地域が再び蘇るためには「文化」の力が大きく寄与することは間違いない。

東奥日報社は、このたび創刊１２５周年事業として、青森県短詩型文芸の優れた作品を県内外に紹介し、文化遺産として後世に伝えるために、「東奥文芸叢書（短歌、俳句、川柳各30冊・全90冊）」を刊行することにした。「文化」の力は地域を豊かにし、世界へ通ずる。本県文芸のいっそうの興隆を願ってやまない。

平成二十六年一月

東奥日報社代表取締役社長　塩越　隆雄